皆に幸せな新年
ケイケイの名を呼んでみた

金衍洙《キム・ヨンス》

きむふな　訳

皆に幸せな新年

妻の話し相手のこの外国人、サトビル・シンという名前のインド人が家を訪れるという話を、あらかじめ聞いていたにもかかわらず、いざドアを開け立っているこの人を見た時、僕は狼狽してしまった。一日中、低い雲が空に群がる、一年の最後の日だった。この人の故郷はパンジャブだそうだが、僕は今までパンジャブ人どころか、インド人とも会ったことがない。実を言うと、パンジャブがインドのどこにあるのか、見当もつかない。こんなあごひげに覆われた顔を見るのも、こんな汗で湿っぽい手を握ったのも、僕にはこれが初めてのことだった。

しかし何より驚きがっかりしたのは、この人の韓国語がとんでもなく下手くそだったことだ。もちろん出稼ぎのため韓国まで来たインド人が、僕らのように韓国語を話せると思ってはいけないだろう。とは言っても、ある程度の深い対話はできると思ったのに、ここまで下手だとは思ってもいなかった。それで、どうすればいいのかが分からないまま立ちつくし、そのパンジャブ人を、その真黒で濡れた瞳を、顔の半分を覆ったあごひげを眺めていたら、その人が言った。

「私は毎日ターバンをかぶることができません。韓国の人、好きではないです。工場から一時間、バス乗らなければなりません。バスで酔っぱらった人たち、アルカイダと言います。バスに糞野郎います。でしょ？　今日は大晦日、ターバンをかぶります」

その言葉に僕は少し驚いた。大晦日だからターバンをかぶったという話でも、バスに糞野郎がいるという話にでもなく、〝でしょ？〟と言う、その女性的でやさしい、相手に肯定の返事を暗に求める表現の仕方にだ。それで僕は中に入るようにとも、お会いできて嬉しいとも言えず、しばらくドアの取っ手を握って立ったまま、どうして韓国語があまりできないのかを聞いた。この人が英語と韓国語をまぜながら述べた説明、しかしながら彼は韓国語に、僕は英語に慣れていないので、少々釈然としない話によれば、この人にはほとんどがシーク教徒である十二人のパンジャブの仲間がいて、この十二人のパンジャブ仲間は家具工場に付いているコンテナで一緒に生活しながら、代わる代わるパンジャブ式の料理を作って食べるから、韓国語が分からなくても〝ノー・プロブレム〟だったが、ある仕事のためにこの人だけが韓国語を学ぶことを決心し、移住労働者のための韓国語講座に通い始めた、それが五カ月前のことだったというのだ。

五カ月という期間が、馴染みのない言葉を学ぶのに長い時間なのか短い時間なのかは分からないが、パンジャブ人が韓国語を学ぶには大変短い時間だということを、ドアの前で彼と話した僕は分かってきた。その五カ月の間に、この人と妻が親しくなったのは僕も知っていたが、一体なぜこの人と妻が親しくならなければならないのか分からなかったし、いざこの人と話をしてみると、問題は「なぜ？」ではなく「どうやって？」だというのも明らかだった。それで僕がどうやって妻と友達になったかを尋ねると、この人は再び韓国語講座に出るようになった経緯を説明したが、それは先ほど聞いた話と同じで、ある日、韓国語が煙のようにもうもうと漂う広場の真ん中で一人立ちつくしていたら、息が詰まり死にそうになったから、という要領を得ない話だった。

仕方なく僕が吹き出したら、この人も僕に向かって笑った。僕らは見つめあい馬鹿みたいに笑った。なぜこの人が韓国語を学ばなければならなかったのか、どうやって妻の友達になったか、僕には分かりようがなかったが、なぜ、そしてどうして僕を訪ねて来たかは分かっていた。リビングに置いてあるあのピアノの調律のため、この人は一時間もバスに乗って来たのだ。しかもアルカイダだとからかわれることを覚悟し、頭にピンクのターバンをかぶってまでして、このように一年が終わろうとする夜に。僕はやっと笑うのを止めて、中に入ってはどうでしょう、と言った。「どうでしょう？」と僕の言葉を繰り返してから、この人は首を傾げた。まさにこの人が、僕の妻の新しい話し相手だというのだ。

雪が、それもひょっとすれば大雪になりそうな、静かな夜だった。昼間は雲を伴っていた灰色の風も、闇に染まっている。この人はピアノの前にひざまずき、時々僕の出した緑茶を飲みながら、調律を始めた。元の音を見つけていかなければならない、まだ何の意味もない音が家中に響いた。僕はテレビでも見るつもりでソファーに座った。テレビ画面には代わる代わる歌手が出て来て、僕のよく知らない歌を歌った。よく見れば中には新しい歌手もいたが、さほど差がない、毎年ひたすら繰り返されるそんな画面だった。

ダンス音楽が流れるリビングで、この人が深刻な顔で鍵盤を叩いている間、集まりに出かけるとき妻が、夕方に自分とは〝いわゆる友達〟であるインド人がピアノの調律のために来るから、もてなしをよろしくと言った言葉を思い出した。僕にできるもてなしとは、この人が鍵盤を叩く度に、気づかないようリモコンでテレビの音を落とすことだった。まもなく僕はテレビに興味を失い、窓の外を眺めた。僕は考えた。雪のこと。おびただしく降ってくる雪のことを。たぶんパンジャブから来たこの人は、雪に関する知識がさほどないだろう。何しろパンジャブは暑い所だろうから。ターバンを見れば分かる。雪のようなものは絶対に降らないだろう。

十年ほど前、僕たちの夢は素朴なものだった。一括預け払いの借り家でもいいから、半地下ではない、まともな家があればよかった。大学を卒業し社会に出たばかりの頃だから、今よりずっと貧しい時代だった。その頃に、僕たちは雪の降り積もった北海道に行ったことがある。旅行に行けるような状況では全くなかったが、マイナスの通帳から金を借り出してまで発つという、僕たちには特別な、いわゆる別れの旅だった。僕たちは列車に乗って小樽という、海辺の小さな都市を訪ねた。スーツケースをひいて駅舎を出ると、僕たちの息の向こうには人の背丈ほど雪の積もった道路と、その道路の先には海が続いていた。

小樽にいた二泊三日の間、僕たちがやったことと言ったら、舞い落ちてくる雪の結晶を一つ一つ眺めることだけだった。二月の雪はとても軽く、落ちるかと思えば空に舞い上がり、枝に積もったかと思えば風に飛ばされた。そんな雪の降る間は、昼はもっと昼らしく明るく、夜はもっと夜らしく暗かった。そこ小樽で降る雪は、積もった雪の上にやさしく積もって行くばかりで、今になって振り返ってみれば、小樽の冬は一粒の雪も無駄にしない、つましいものだったと言えよう。軒先に小さな電球を灯した、運河沿いの旅館に入る時、僕たちは足を踏み鳴らし靴の雪を払い落とした。僕たちが立っている土地は、北極の氷山ほど堅かった。

ねえ、雪の降る夜は犬も吠えないよね、でしょ？　なぜだろう。

月が見えないからじゃないかな。

違うわ。もう一度考えてみて。

犬には雪にあてはまる言葉がないから口をつぐむ？

ううーん。

犬にとって雪の降る光景が、言葉では言い表せないほど美しいから？

つまんない。

そのように、僕たちは語ることができる限り語り、それ以上語ることがなくなると、愛しあった。早い朝も、日ざしが力なく伸びている午後も、雪の止んだ深い夜も、僕たちは愛しあった。彼女の膣は熱いというより暖かく、その中に長くとどまりながら、僕は窓の外の白い小樽の冷たい水を思い浮かべた。冷たい海。冷たい運河。冷たい水溜り。そんな冷たい水に取り囲まれた僕は、そうされながら暖かい彼女の中に止まっている僕は、不思議なことに、赦しという言葉を思い出した。遠い後の日の誰かを、あるいは僕自身を、今の僕が赦すことはできるだろうか。だとすれば、今の僕はどうだろう。遠い後の日の僕なら、今の僕を赦すだろうか。そして多くのことが思い浮かんでは消えていった。中には必ず憶えておかなければならないこともあったが、憶えなくてもいいことの方がもっと多かった。その旅行で僕たちが唯一学んだのは、アイヌには数詞が七つしかないように、僕が心に留めておかなければならないことも、それほど多くはないことだった。海へ向かう途中立ち寄った小さな文学館で、僕たちは「アイヌ」という言葉が「人間」を意味することを知り、だから人間にとってとても多い数は何の意味もない、ということを理解した。そのようにして冬の海にたどり着いた時、僕たちはまた、海も川と同じく絶えず流れに沿って行くだろう、ということを納得した。愛しあって眠った夜も、僕たちは各々の夢を見るように、分からなかった所から再び分からない所へと、絶えず波が寄せるように繰り返す。

ピアノを習ったことがあると言ったよね。どこまでやった？　ベートーベン？　モーツァルト？

そうね、チェルニー四十番には入ってたけど……。

入ってたって、じゃ、まだそこから出ていないってこと？

ま、そこで終わったということ。

よく分からないけど、チェルニー四十番ってすごいことじゃない？

そんなことないわ。四十番は峰ではなく上り坂のようなものよ。そこで道が終わるのではないのよ。ピアノを弾くんだったら、そこで終わらせてはいけないの。もう少し行かないとね。それに私は十一番でやめちゃったから、何も言えないわ。

何でそこで止めたの？

苦しかったから。

チェルニー四十番がそんなに苦しいものなの？

うん、フラットとシャープがね。チェルニー四十番を弾くというのは、フラットとシャープが四個以上ついている楽譜を、苦痛なしに読むって意味なの。

苦痛だったって、ちょっと変だね。大変だったと言った方が普通じゃないか？

そうね、大変って心が大変だということで、苦痛とは身が苦しいってことじゃないかしら。だとすれば、それは確かに苦痛だったろうね。でしょ？　指が痛くて鍵盤を叩くことができなかったんだから。でも、何で？

別に。子供の頃、よく思ってたんだ。仕事から家に帰って門を開けようとしたら、窓からピアノの音が流れる、そんな光景。だけどピアノを弾くのがそんなに苦しいことだとは知らなかったよ。

僕の話が終わってもしばらく返事のなかった彼女は、鼻をすするのかと思ったら泣き出し、その泣き声はだんだん大きくなって行った。頭をたれて赤んぼうのようにわあわあ泣く彼女を見ると、僕の目からも少し涙があふれた。その時、僕たちは同じことを考えていたのだ。赤んぼうのように。赤んぼうのことを。おびただしく降ってくる雪のようなことを。これからは雪が降るのを見る度に小樽を思い出すだろう、といったことを。そのようなことを。

「このピアノ、どう、こんなに来ました」

この人が僕に言った。

「このピアノ、どう、こんなに来ました」

僕が彼の言葉をそのまま繰り返した。するとこの人は素早く、「来ましたか？」と言い直した。このピアノがどうして家に来るようになったかは、僕にもよく分からない。

「さびしいからです」

「このピアノさびしいです」

「いや、そういう話じゃなくて、ピアノじゃなくて、だからといって僕ではなく……」

僕たちがさびしいと言わなければならないが、それを説明する方法がなくてためらっている間、この人はピアノの椅子に座って鍵盤を一つ叩いた。低いファだった。素っ気ない音を鳴らしたまま鍵盤は元に戻らない。そんな鍵盤の様子は僕も知っていた。しかし何回かピアノを弾きながらこの人は、僕の知らなかった鍵盤二つをさらに見つけたようだ。全部で三つの鍵盤が下に下がって、その中の二つがゆっくり元の位置に戻って来た。言わば三割三分三厘。

「このピアノ、長い時間、歌いませんでした、でしょ？」

僕はやっと、この人が知りたがっていることが分かった。

「そうです。僕にこのピアノをくれた人もそう言いました。娘が十一歳の時に弾いたピアノだと」

「歌いませんと、生きません（掛け言葉で「買いません」と同じ発音）」

「それで、ただでもらいました」

「ただはありません」

僕の話にこの人がきっぱりと言った。

「フリーペーパーをよく見れば、ただもあります」

僕も同じくらい強い口調で言った。するとこの人は、なぜか怒った顔をして僕を睨んだ。

こんな話をしたってどうにもならない、実に情けないと思いながらも、僕はこの人にピアノを入手することになった経緯を説明する方法を考えていた。しかし、なかなか切り出せない。

韓国に来てもう三年が過ぎたという、そして本格的に韓国語を習って五カ月しか経っていないという人に、僕たちのさびしさについて韓国語で説明する方法が見つからない上に、ひょっとしたら僕たちがどうして結婚するようになったのか、そしてなぜピアノがそこに置かれるようになったのかをすべて知っているのではないかという、疑いの気持ちがあったからだ。

というのも、このパンジャブから来たシーク教徒のサトビル・シンは、妻の話をそのまま借りるなら、妻が外国人労動者のための韓国語教室に講師として出るようになってから付き合った、〝いわゆる友達〟だからだ。

〝いわゆる友達〟だなんて、僕には何の話か、ましてやそれが男性だということが分かってからは、ますます分からなくなった。大の男と女が友達になれるかどうかといった問題ではなく、韓国に出稼ぎに来た外国人労動者と僕の妻が友達になれるという可能性、それ自体がなかなか信じられなかったので、それに対する僕の反応は「それで、僕にどうしろって？」だった。僕の話に妻は「あなたにどうしろっていう話じゃないのはよく分かってる、でしょ？　要するに私にも友達ができたという話をしようとしただけ」と言った。どうやって二人が友達になれたのかという僕の質問に妻は、話を通じて、と答えた。話を通じて。まったく奇妙な話ではあったが、とにかくこの秋から、いわゆる地球上で妻と一番たくさん話を交わしたのは夫の僕ではない、まさにこの人だった。

そうして妻はこの不思議な顔の外国人に、僕たちのことを含むあらゆる話を打ち明けたのだろうというのが僕の結論だが、よく考えてみれば、これには一つの問題があった。この人の韓国語がこんなものなら、妻がいくら多くの話を聞かせたとしても、彼がその話の深い内容まで理解するのは無理ではないか。それなのに妻は話を通じて二人が友達になったと言うのだから、わけが分からない。もしかして妻は韓国語のできない、しかし韓国語を学ぼうとする欲望の強いこの人の境遇を利用して、自分の愚痴を並べ立てたのかも知れない。時々妻と話をしていると、それに耳を傾けようが傾けまいが、妻に必要なのはただ自分の話を吐き出す相手ではないかという気がするから。そのようにこの秋からこの人に対して、全く聞き取れない話、例えば人生の節目ごとに感じた絶望や今なお持っている夢、そうでなければ好きな色や感銘深かった本のような話を休まずぶつぶつと聞かせたのかも、またそういうことを〝いわゆる友達〟の間柄だと言ったのかも知れない。

僕はこの人が聞き取りやすいように、きちんと言葉を切って、「このピアノの持ち主は老人でした」と言った。

「年取った人。老人は病気になりました。老人はすぐ死にます。自分が死ねば、このピアノもなくなるのではないかと心配しました。それでこのピアノを僕にくれました。何の話か分かりますか？」

僕はこの人の目を見ながら言った。すると彼が言った。

「私の言葉をよく聞いてください。このピアノ、どう、ここまで来ましたか？」

その言葉にうろたえた僕は、老人について長々と話しはじめた。フリーペーパーで、家にある古いヤマハのピアノを譲りたいという内容の広告を読み電話したら、老人は病院にいた。広告を読んで電話したと告げると、老人は消えるような声でピアノを弾くのは誰かと聞いた。その声を聞いたとたん、僕は電話したことを後悔したが、仕方なく妻にプレゼントしたい、妻は小学校の頃にチェルニー四十番まで弾いたことがあると答えた。年寄りは大変喜び、病院に来れば家の鍵を渡すと言った。病室を尋ねてみると、予想していたほど年を取っていない老人と奥さんがいた。老人は力のない声で、そのピアノが自分の人生においてどれほど大切なものかを延々としゃべってから鍵を渡したが、その間、奥さんは病室を出て僕が帰るまで姿を見せなかった。誰もいない家に勝手に入るのは、どうも気が進まなかったが、老人はかまわない、あのピアノはおれにとって本当に大切なものなんだ、それが唯一残っているものだ、だから大丈夫だ、と涙まで浮べ、どうぞ家からピアノを持って行ってください、としきりに勧められ、どっちつかずの気持ちのまま病室を出た。

老人の家は新都市のちょうど真ん中にある旧市街地の古い一戸建だった。旧市街地の外れだったら新都市が建てられた時、補償金を貰ってマンションにでも入っただろうけれど、鉄筋を入れた型にコンクリートを注ぎ込んだ二階建ての家は、一九八〇年代はじめの様式のままそこに立っていた。サッシでできた玄関のドアを開けると、すぐにピアノが目に入った。ピアノを専門に運ぶ人と一緒だったが、彼はこのパンジャブ人のようにピアノの調律ができる人だった。彼はピアノの鍵盤を何度か叩いては舌打ちをし、ピアノの役割を果たすためには、三、四回調整と調律が必要だけど、どうするかと聞いた。

僕がその提案を無視し、運搬だけを頼むとつっけんどんに答えたのには、いくつかの理由があった。まずはあのピアノには忘れられない思い出が込められていると言った老人の言葉のため、僕が勝手に修理をしていいだろうかと思ったのと、調整と調律の費用が思ったより高かったからだが、最も大きな理由は、彼の話を十分に理解できてなかったからだった。僕には調整と調律とは何かが分からなかった。それで僕は、「娘さんが家を出てから、一度も弾いたことがないと言っているから大丈夫だと思います。そのまま運んでください」と言ったが、彼はすぐに後悔しますよ、と正確な予測で僕の話を返した。鍵を返すため病院に戻った僕は、なぜ奥さんがそのピアノに対し素っ気ない態度だったかが分かった。ピアノは老人の娘、つまり前妻との間に生まれた娘が弾いていたものだった。老人と前妻が離婚した後、たぶん僕と同じくらいの年だったろうその娘は、母親と一緒に新しい人生を見つけるためアメリカに渡ってしまい、ピアノだけが残ったのだ。

僕の話が終わると、この人はやっとピアノが〝どう、ここまで〟来たのかを理解したかのようにうなずいた。もちろん僕は長々と話したが、なぜこのピアノを我が家に持って来なければならなかったのかについては一言も言っていないのに、これほど分かったかのようにうなずく顔を見ると、おこがましいというより、妻がすでに話を聞かせたのだと確信した。すると、ふと僕は妻がどんなふうに彼に説明したのかが知りたくなった。妻は、なぜ僕がこのピアノを家に持って来なければならなかったのか、理解しただろうか。もし理解していたのだとしたらどうして、こんな役に立たないピアノをという、冷笑的な反応を見せることができたのだろう。

妻にも、この人にも言っていないことがまだある。それは、移民としてアメリカへ行った娘から老人に宛てた手紙のことだ。手紙はピアノと一緒に運んで来た椅子の中に入っていた。僕はその手紙を何度も読みかえした。アメリカに渡って数年が過ぎた後、つまり娘が十代後半になった頃のように思われるが、それはまるで小学校五年生の子供が書いたような下手な字だった。手紙は、「パパ、元気?」から始まり、「あまり心配しないで。病気にならないで、丈夫でいてね。Annaより」で終わっていた。その子の韓国語は、アメリカに渡った時のまま止まっていたに違いない。それでも老人は、いつか娘が帰って来た時にはピアノが弾けるように、新しく結婚した奥さんに毎日きれいにピアノを拭くよう命じた。それはまだまだ老人が元気だった頃のことだ。しかし、今日、我が家を訪れて鍵盤を叩いたこの人が分かるように、僕と一緒にピアノを引き取りに老人の家を尋ねたあの人が分かったように、そして十五、六歳の少女が書いたとは思えない、あの下手な字の手紙が語っているように、その間にもピアノは徐々に死んで行ったのだ。

一年が経ち、また一年が過ぎる間に、音程は狂い鍵盤は壊れていく。その子の韓国語がすでに死んだ韓国語であるように、その子が帰って来てピアノを弾くとしても、あの時あの時代の音律を老人が聞くことはできなかっただろう。すべてのものはそのように変わるだけだ。妻は僕に、自分があのピアノを弾くことはないだろうと宣言し、外国人労動者たちが生存に必要な最小限の韓国語を教えることに沒頭した。僕が家に帰る頃、妻は外国人労動者のための団体が運営する韓国語教室で、「私には五人の家族がいます。父、母、兄、姉、弟です。私は父を愛しています。私は母を愛しています。私は兄を愛しています。私は姉を愛していいます。私は弟を愛しています」のような文章を教えた。そんな夕方、誰もいない家で音程の狂った鍵盤を叩いていた僕は、病院に電話をかけた。老人の携帯の電源は切れていた。メッセージを残そうと番号を押しては、途中で切ってしまった。それは、死んで行く、あるいはすでに死んだかも知れない老人の携帯にメッセージを残すほどの重要な疑問ではないように思えた。つまり娘が帰って来れば、あのピアノを弾くと信じていたか、という質問だった。本当にそう信じていたかと聞いてみたかったのだ。

今帰る途中だけど、雪が降っていて道路が混むだろうから、少し遅くなるかもしれない、との妻からの電話で、僕は外で雪が降っていることを知った。「歌わないと、いきません」というこの人の言葉が、音程が狂ったら誰もピアノを買わないという意味ではなく、演奏しないピアノは結局死ぬという意味であったことにやっと気がついた。だからといって、ピアノを生かすすべが全くないわけではなく、三、四回、また一時間もバスに乗って来て修理をすれば生き返ることもできるというのが、この人の説明だったが、今度は僕がまともに理解したかどうか定かではない。

自分が帰るまでこの人を帰さないようにと妻に何回も頼まれ、僕は調律を終えたこの人とリビングに座って、ぼうっとテレビの年末番組を眺めていた。にんじんやきゅうりの着ぐるみを着たコメディアンが出て、おかしな言葉を交わし、観客席の人々が手をたたきながら笑っても、当然この人は無表情だった。大人になったと思ってからは、一度もお笑いが面白いと思ったことのない僕だが、実に面白い話が交わされているかのように噴き出した。そうしてしばらく笑っていたら、お笑いの姿は消え、再び歌が始まった。

僕はテレビの音を落とし、台所の冷蔵庫から缶ビール二つを持って来て、一つをこの人に勧めた。シーク教徒が酒を飲むかどうかは知らないが、自分の常識では飲まないだろうと確信しながら、むしろだからこそ僕は、何度も断るこの人にビールを勧めた。何といっても今日は今年の最後の夜だし、互いに少し酔えば、この気まずい雰囲気も少しはましになるのでは、と思ったからだ。結局この人は仕方ないと諦め顔で缶を開けた。僕たちは乾杯をし、口に持っていった。僕はこの人が右手でひげを撫でる間にも、口から缶を離さなかった。もう一度乾杯しようと僕は缶を突き出し、僕たちはもう一度ビールを飲んだ。缶はすぐ空になり、僕は再び冷蔵庫から缶ビール二つを持ってきた。缶をテーブルに置きながら僕は、妻とこの人が会って、どんな話をするのかと聞いた。妻はよくしゃべる人だから時間はすぐ経つだろうが、僕が知りたいのは、これくらいの韓国語能力で果してそんなに多くの話を全部理解できるかということだった。もし理解することができないとしたら、この人に会うと言って出かけて行ったその多くの時間は、何のための時間だったろう。変な想像をするのではない。ただ知りたいだけだ。

するとこの人は、思いがけないことを言った。

「ヘジンは韓国語言いません。ヘジンは英語言います」

「英語？　ヘジンが何で英語で話す？」

意味が分からず僕が問い返した。

「ヘジンは英語言います。わたしは韓国語言います」

「ヘジンはあまり英語できないんだけど？」

「わたしは英語できます。お互い習います。お互い直してあげます」

僕はやっと〝いわゆる友達〟の意味が分かった気がした。それは僕が密かに心配していたような深刻なものではなく、何の代価もなしに韓国語と英語を教えあう関係だったのだ。この人はたどたどしい韓国語で喋り、同じく妻もたどたどしい英語で喋る間柄。言葉どおり

〝いわゆる友達〟の間柄。僕は少し晴れた気持ちになってビールを飲み、この人にも強く勧めた。

「英語でヘジンは何の話をしますか?」

「たくさん話します。天気、食べ物、音楽、本の話します。I like Zorba the Greek、こう言います」

「そうです。ヘジンは『その男ゾルバ』という本が好きです。では、あなたは何の話をしますか?」

「私も言います。天気、食べ物、音楽、本言います。私はラフマニノフ好きです」

「あなたがピアノの調律ができるのも、ラフマニノフが好きだというのも考えられませんでした」

何も、僕が予想できなかったのはそれだけだったろうか。彼がシーク教徒のパンジャブ人だということ、それでぼうぼうとひげを生やさなければならないこと、だからコンテナで一緒に暮らしている十二人の仲間もまた、彼のようにひげを生やしているだろうということを、どうすれば僕が想像できたろう。

「ヘジンは英語が下手で、あなたは韓国語が下手です。それで、ただ I like Zorba the Greek や、私はラフマニノフ好きです、のような言葉しかできません。それでは心のなかにある話ができません。でしょ？　この言葉もよく分かりますね。ヘジンの口癖のようなものだから。〝でしょ？〟って言葉、たくさん聞きましたね。でしょ？」

「はい。たくさん聞きました。でしょ？」

僕は満足して大声で笑った。僕が笑うと、この人もつられて笑った。僕たちは一緒に笑った。

「また何の話をしましたか？　ヘジンが僕の話もしましたか？」

笑いを止めて僕が聞いた。

「あなたの話はしませんでした。象見て、ひとりをしました」

「象？　ひとり？　患者《ファンジャ》？」

意味が分からなくて僕が聞き返した。

「象、絵見て、ひとりをしました。ひとつ。ひとりと言いました」

「ああ、一人。だけど、何が一人だと言ったんですか？」

「ヘジンの心、ひとりです」

僕はこの人の言葉がまったく分からなかった。それは妻の心臓が一つだと言うのか、妻が自らを一人だと感じていることなのか。するとこの人はテーブルに缶を下ろし、紙とペンを要求し、絵を描き始めた。まず森が描かれた。それは僕たちがよく見る松林のようなものではない、密林のような森だったが、そこで子供が目をつぶったまま横になっていた。

「これは森でした。私は赤ちゃんでした。私はひとりでした。私は眠っていました」

そしてこの人は、赤んぼうに目を描き入れ、顔の両側に水玉を描き入れた。すると絵の中の子が涙を流し始めた。

「私は目、覚ましました。私は泣きました」

僕は絵の中の子供をしばらく見つめた。紙から視線を離し僕が彼の顔を見つめると、この人はまた絵を描いた。まず長い鼻を、次は芭蕉の葉のような大きな耳を描いた。鼻や耳に比べるとその目は小さかったが、四本の足だけは寺院の柱のように堂々としていた。そして目が覚めて一人であることに気づき、わあわあ泣いていた子供の横に、背の高い一頭の象が現われた。森と泣いている子供と象が完成すると、この人は子供の目の横に描いてあった涙を消し、子供の目を三日月のように描き変えた。子供が笑っていた。僕は思わず嘆声をもらした。

「本当に子供の頃、象を見たって言うんですか?」

「象です。とても大きい象です。私は目覚めて、泣いて、象いました」

僕は彼から紙を奪って、実際子供の頃、森の中で一人目が覚めて泣いていたこの人の傍に、大きな象が現われた光景を眺めるかのように、食い入るように絵を見つめた。僕がそうしている間、彼は話し続けた。

「そしてヘジン英語言います。Always I wanted a baby. I want to be an elephant like this. I am alone. I feel lonely. ヘジン英語下手です。そうです。私も韓国語下手です。ヘジン英語言うと、私は韓国語言います。お互いに違ったところを直してあげます。いつも私は赤ちゃんを願います。私はこの象になりたいです。私はひとりです。私は……」

だが、この人は次が続けられなかった。“lonely”というのが何かは分かっているが、韓国語で何と言えばいいのかが分からなくて。しかし、それがどうしたっていうのか。僕は、僕らがあまり見ることのない森と眠りから覚めた子供と、寺院の柱のように堂々とした足の象をじっと眺めて、一人つぶやく。私はさびしいです。そうでなければ、私は孤独です。それでもなければ、私はわびしいです。それでもなければ、まるで雪の降る夜は吠えない犬のように私は……。

目を閉じてじっと聞いてみる。信号が変わる度に車が一斉に道路を走り出す音が流れこむ。少し開けておいた窓から。それが波の音に似ていて、僕の耳はだんだん弱っていく。目を閉じて静かに聞いてみると、数千万回の冬を送り、またもう一度冬を迎える浜辺に一人で立っているような感じがするから。それがその浜辺の最後の冬で、波の音を聞くのがこんなにさびしいことだと。そのように目を閉じて、僕はじっと聞いてみる。今は、これまでに数年が流れたように、そしてまた一年が流れる十二月の最後の夜で、あの車の音を背景に、今、僕の前に座っているこの人は生き返り始めたばかりの、しかしまだまだ不安定な音程のピアノを弾きながら、遠い国の言葉で口ずさみはじめた。だから、見えない人のように目を閉じて座り、僕はそれが象に関する内容だということしか見当もつかない歌を聞いている。この歌は、この人の話をそのまま移すと、「象、赤ちゃんのように」に関する歌だ。だから僕は目を閉じて、「象、赤ちゃんのように」について考える。当然僕は「象、赤ちゃんのように」について考えるのが、あまりにも心苦しいことだから、この人の不慣れな発音に、しかしそこにも僕が分かることが何一つないから、再びどこか心細く聞こえるピアノの音に、また僕の背後から聞こえる車の音へと次第に心を奪われていく。そこで、一年がこんなふうに過ぎていく。どうしても僕はそれについて考えなければならないようだ。彼がこの歌、「象、赤ちゃんのように」を終えるまで。妻がドアを開けて入って来るまで。そして、いよいよ僕たち皆に新しい年が訪れるまで。

ケイケイの名を呼んでみた

その後十三年間、私は何度も、幼いケイケイが泳いだというその川を想像した。まだ七歳だったケイケイがパンツ一枚で泳いだはずの、その冷たくて青い水を。そこで彼は流れに身をゆだねて、じっと空を見上げていたのだろう。流れて行くケイケイ。決して乾くことのない、水にぬれてしっとりした幼い体。雲を眺めながらケイケイが息をする度に、ずっと後の日、私が好んで抱かれたその胸の上を、熱い夏の日ざしで暖かくなった波が、ゆっくりとかぶさって来ただろう。あめんぼのように、柳の葉のように、紙舟のように、私の想像の中で、お腹の上に絶えず海岸線のようなものを描きながら、ケイケイの肉体は川面をふわふわと流れていた。

ケイケイが生まれたその国に向かうため、サンフランシスコ国際空港のベンチに座っている間、私の目の前にはあの映像が浮かんできた。いつも、うっとりするほどの黄色い日ざしの下だ。そしていつも、同じ沈黙のなかに広がる。ぱっと明るく笑うケイケイを見つめる度、私は自分が女であることに気づかされた。私の知っている最も美しい自分の顔は、笑みを浮かべるケイケイの瞳に映った顔だった。一対の瞳に一つずつの、二つの顔。今の私の顔をいくら見たとしても、その顔は見つけられない。それでも私は満足する。確かなのは、最も美しかった顔を見ることは二度とできないことだ。私はもう五十代後半で、顔はますます痩せていく。それはしわが増えているということだ。今の私を成している細胞は、愛を知らない。ケイケイを愛した細胞は、もう私の中にはない。そう思うと、悲しくなって長いこと私は目を閉じることができない。にじんでくる涙が流れるのが怖くて。

七歳だったケイケイの、その濡れた体はどこに行ったのだろう。ずっと後になって、ケイケイのその体にしがみついて愛しあった時の私の細胞は、またどこに行ったのだろう。世界で最も広い海を渡る間、『同じ時間に』という本を読んで、その答の手がかりになりそうな文章を見つける。そこには天体物理学における長年の謎が書かれていた。

「星の移動速度を利用して宇宙の質量を計った科学者たちは、この宇宙に存在するすべての星の重量を合わせても、宇宙全体の質量の一〇パーセントにも及ばないことが分かったという。では九〇パーセント以上を占めるものは何か」

科学者たちはそれを暗黒物質《ダーク・マター》と名付けた。暗黒物質は観測が不可能なので、存在を証明することができない。私たちには存在しないはずの、この暗くて謎めいて、黒々とした物質が、この宇宙の九〇パーセントを占めている。本に夢中になって、私は消灯を知らせる機内放送を聞き逃す。飛行機の室内燈が消える。飛行機の外はまだ明るいのに、乗客はもう眠りにつく時間だ。

私が言いたいのは、こういうことだ。この宇宙の九〇パーセントが私たちには感知できないものでできているとしたら、結局ケイケイの幼い体も、その体を愛した私の細胞も、他に行き場がないだろう。私の最も美しい顔も同じだ。あなたはそれを見ることができないだけなのだ。

主催側から送られたメールには、三日間に亘る作家大会の日程が終われば、三日目の午後一時から六時まで、すべての外国作家は自由行動が可能だと書いてあった。午後六時には外国作家が宿泊しているホテルで、組織委員長による歓送レセプションが予定されているので、その時間までに帰るという条件で。私が、東アジアで開かれるこの女性作家大会に心が惹かれたのは、その三日目の日程と私を招いた国の名前のためだった。その名前は、私が愛さずにはいられなかった夜を思い出させた。一度も行ったことのないその国も、私にはたまらなく愛しかったから。私たちは恋人同士だった。ケイケイはその国から来たのだ。

空港から市内に入る車の中で、多少硬い声でハッピーが言う。三日目の午後に行きたい所があれば、事前に教えてください、と。私は何のためらいもなく、バムメと答える。バムメ？　ハッピーが頭を傾げながらルームミラーで私を見る。「すみませんが」と彼女は言う。バムメ、もう一度私は言う。ハッピーが声を出して笑う。バムメという発音が、韓国人にはおかしく聞こえることに気づく。彼女には初めて聞く地名であったに違いない。ハッピーが何回もその地名を言う。バムメ、バムメ、バムメ。そして、左手でハンドルを握ったまま、英語が下手で申し訳ないと言いながら、右手で助手席においてあるかばんからペンと紙を取り出す。私は渡された紙に「Bamme」と書く。渡された紙をのぞいて、ハッピーが発音する。バム、メ。ハッピーは私に、バムメについてもう少し説明してくれるよう頼む。バムメはソウルから一時間くらい離れたところにある。栗の木が多い山を越えると、黄色い海に出る。私はこれ以上、バムメについて説明することができない。実は私の言っていることが正しいかどうかも自信がない。バムメと言う度に、私は判断力を失う。

まもなく車は、遠くから燈台の灯りが点滅する黒い海を右にして走る。ハッピーは私が滞在することになる都市が、六百年前に建てられたと教えてくれる。私はすでに飛行機の中で旅行ガイドの『Lonely Planet』を読んで、その都市をよく知っている外国人から「永遠なものは何もない、通り過ぎるもので満ちた、四方八方に衝突する都市」と言われることを知っている。それを読んだ瞬間、私は、吹いて来る風に紫のジャカランダの花びらが舞い散る光景を想像した。その都市にもジャカランダの花が咲くだろうか。ふと私は気になる。ハッピーの話は耳に入らず、思いはとめどなく黒い夜の海の上を漂う。

そのうち私は、ケイケイがどのように服を脱いで突然ミド湖に跳びこんだかを、ハッピーに語り始める。砂漠の真ん中だが、そこにはヨットの船着場やビーチがあった。湖に入ったケイケイは手を振りながら、からからと笑った。ケイケイは私に、幼い頃、故郷の川で覚えた泳ぎを見せてくれると言った。ケイケイはすぐさま水面に横になった。ケイケイが午後三時の湖の上を、ふわふわと浮かんで行った。ケイケイが私に見せてくれたのは "a corpse swimming" だった。死体のスイミング。腕も動かさず、時々水中で足をばたばたさせながら水面を漂う体。そこから早く出て。私は「死体のスイミング」という語感が嫌で叫んだ。一体どこでそんな泳ぎを覚えたの？　水辺に立っている私を見て、ケイケイがからからと笑いながら言った。バムメで。僕の故郷。子供の頃は夏になると、こう水の上に横たわって空を、流れる雲を、日ざしを見上げてたよ。その頃を思い出すよ。僕の最も美しい時代だった。そう言って、ケイケイの体は湖の中に沈んでいった。やがて私は腰まで湖につかり、ケイケイの体が潜りながら起こした、微かな波を一つ一つ見つめた。私はずいぶんと悪態をついた。そんなに水中に沈んで死んだらどうしようと思って、またどんな気持ちで、バムメで過ごした時代が最も美しかったと言うのだろうと思って。やがて水の外に出たケイケイは、水中で四つのプロペラが完全に残っているB29を見つけたと言った。その時は私の様子が少しおかしくなっていて、その話は耳に入らなかった。何年も経った後、私は、実際にB29がミドウ湖に墜落したことがあったという事実を知った。あの時、ケイケイは本当に水中でB29を見たのだろうか？　それとも、ただ私をからかっただけだったろうか？

「韓国語でそれは。〝しかばね泳ぎ〟と言います。〝死体のスイミング〟ではなく。もちろん、しかばねは死体の意味で、泳ぎはスイミングですが、しかばね泳ぎを死体のスイミングとは言いませんね」

ハッピーが再びルームミラーで私を覗きながら言う。私は聞こえたとおり。〝しかばね泳ぎ〟と口にしてみる。東洋の単語のように聞こえる。舌がよじれそうで、もう真似るのを止める。ハッピーが続ける。しかばね泳ぎは子供の言葉で、大人たちはそれを背泳ぎと言うと。英語に訳せば、しかばね泳ぎは“a corpse swimming”ではなく“a backstroke”になるはずだと。それを聞いて私は言う。

「いいえ、ハッピー。あの時、ケイケイは“a backstroke”ではなく、“a corpse swimming”をしました」

私の硬い表情に、ハッピーはうろたえた顔をする。いつの間にか右側の黒い海が消え、月明りを受けた峰が見える。海は私たちの後ろにある。私は、怯えながらジャブジャブと湖に跳び込み、心細い目でケイケイの姿を探した三十九歳の私を、いま羨ましがっているのだ。

三日後。バムメに向かう車の中で、ハッピーはその間のことを私に話す。あの夜、家に帰って三十分ほどインターネットで検索したが、ハッピーは私に聞かされた情報が、バムメという場所を探すのに何の役にも立たないことに気づいた。彼女がモニターで見たのは、「夜に《バメ》」を打ち間違って入力した文書ばかりだった。「一方、キャサリンは顔ではないが、ラーメンであれ何であれ〝バムメ〟食べて寝ると、お尻が大きくなると明かし、周りを爆笑させた」とか「人工衛星は〝バムメ〟肉眼でも見られます。よく見れば、星のようなものがゆっくり動きます」のような文章ばかりだった。グーグルに“Bamme”を入力してみても同じだった。それはドイツ人の苗字の一つだった。ハッピーは“Bam Me”と入力してみた。すると「U deon nal do nun mul le jeoj jeoss deon seul peun“bam me”do」のような変な言葉が現われた。これは一体何の話？　ハッピーがつぶやいた。

ハッピーのパソコンの横には小さな両面鏡がおいてある。片方はそのままの顔を、片方はより大きく写すものだ。鏡に写った顔を見ていたハッピーは、手を伸ばしてより大きく写す方の鏡を回した。クレンジングを終えた顔にしみが見えた。それでもだいぶ減ったものだ。しみは三年前から出はじめた。その三年間は日ざしの中に出たこともあまりなかった。いつか久しぶりに会った友人が、ハッピーの顔を見てびっくりしたことがあった。しみの原因が紫外線でなければ、エストロゲンの問題だろうと、彼女はハッピーに言った。その言葉にハッピーは、しみが増えたのはストレスのせいだと反論した。妊娠時に増えるその女性ホルモンを、ハッピーは呪った。ハッピーは毎晩、手当たり次第に食べ物を口に入れた。突然顔にしみが増えはじめた頃のことだったろう。妊娠など二度としたくなかった。そんなことを思いながら、再びハッピーはモニターに目を移した。画面では「笑った日も、涙に濡れた悲しい夜にも」の歌。それは中国人が英語で表記した、韓国の流行歌の一節だった。バメ。バムメ。

翌日、疲れて早目にベッドに入ったハッピーは、自分を見つめる視線を感じて目が覚めた。夫が、眠っているハッピーの顔を覗いていた。酒とタバコの匂いがした。ハッピーが目を覚ますと、夫はベッドから立って台所へ行った。冷蔵庫のドアを開けて、何かを取り出す音がした。ハッピーは再び目を閉じた。台所で夫が聞いた。

「バムメがどこか分かった？」

「分からない。その人の故郷だそうだけど」

目を瞑ったままハッピーが答えた。

「誰？」

「ケイケイって、その小説家の若い恋人」

「十七歳年下だという、韓国人留学生？」

「なぜかそれが変に思えないわ」

「なんだって？」

そう言った夫は、数回に分けて水を飲んだ。私のように、ハッピーに十七歳年下の恋人ができたら、たぶんその夫は喜ぶに違いない。

「それって、〝夜に《バメ》〟を間違って言ってるとは思わないよ。だって、栗の木の多い山を越えると黄海に出ると言ったじゃない。だったら、それは〝バムムェ〟〔栗山〕じゃないかな。それが植民地時代に漢字の栗山《ユルサン》くらいに変わったんだろう」

そう言ったハッピーの夫は、ソウルから一時間くらい離れた場所にある、黄海に面したバムメを見つけ出した。

一時間半、たくさんの店や建物、信号や交差点を通り、再び高速道路を走って、やっと私たちはバムメに到着する。車から降りたハッピーは、産業廃水に汚染された川に私を案内する。長いあいだ筆についた様々な色の絵の具を洗ったバケツのように、川の水は濁っていた。少なくもと三回以上は上塗りしたような灰色の空には、私の想像した太陽はない。だから、そこには笑いも、最も美しい顔もない。堤防の間隔だけが広く、水量は多くない。川の左側には赤色のウレタンが埋め込まれている。その赤い道は、直線の灰色の川に沿って続いている。その灰色はセメントでできた建物の外壁と煙突からも、舗石が敷かれた歩道からも、道路に沿って並んでいる電信柱からも見られる。太陽はオレンジのように小さく堅く、西の空に突き刺さっている。私は息を吸い込み、吐き出すのに集中する。一九七六年にケイケイがこんな所で泳いだとは、とても信じられない。

「ここは産業団地です。ずいぶん前に造成されました」

驚いている私のことなどおかまいなしに、しかしながら自信のない声で、ハッピーは用意してきた情報を述べる。

「初めてこの産業団地の造成計画が立てられたのは、第二次経済開発五カ年計画が行われた時です。ええと、経済開発五カ年計画というのは、だから……」

私はやっと、ハッピーの顔を注意深く眺める。ハッピーは三十九歳だ。ケイケイと愛しあった時の私である。毎晩、手当たり次第に食べ物を口にしても、ハッピーの体の美しさを損なうことはなかった。今でもハッピーの体は美しく純粋だ。憂鬱な気持ちに捕らわれていた私は、ハッピーの体が猛烈に最後の美しさを発していることに気づいてなかった。空港で初めて会った時から、炎の横に立っている人のように、ハッピーの顔色には薄暗い光がゆらめいていた。ハッピーは〝ヘミ〟と自分の名前を紹介し、私の滞在中、通訳と案内を担当することになったと言った。感情が伝わりにくい素っ気ない声だったが、握手を求め差し伸べた手には、冷たい汗が滲んでいた。ハッピーは私の手を握って言った。

「憶えにくければ〝help me〟と覚えてください」

〝help me〟だなんて、私はしばらく笑った。私は彼女を〝help me〟と覚える、と答えた。

私は産業団地の略史について述べるハッピーにきっぱりと言う。

「ここはバムメではありません」

ハッピーが私の話に言い返す。

「ここがバムメです。正確にはバンミです。元々はバムムェだったんですが、今はバンミと言います」

私は彼女が何を言っているのか分からない。バムメとバンミとバムムェについても、全く区別がつかない。

「とにかく、ここはケイケイが死体のスイミングをした、そのバムメではないわ」

「ここがそのバムメです。そして、それは死体スイミングではありません。背泳ぎと言わなければなりません」

　これ以上ハッピーと話ができないことが、やっと分かった。こんなでたらめで、ぞっとする産業団地に私を連れて来るなんて。

「あなたは私の通訳だというのに、私の話を何一つ理解してないわ。なぜ私が〝死体スイミング〟と言っているのかも分かってない。あなたは、私の話に全く聞く耳を持ってないわ。私が何を言っているのか、全く分かってないわよ」

　私は怒りを爆発させる。こういう時の私は、過去にしがみついている狂った老女に見えることをよく知っている。それでも、仕方がない。涙がこぼれそうだ。世界で最も広い海を渡って来た私の努力は、徒労だったのだ。私はアメリカに帰りたくなる。「永遠なものは何もない、すれちがうもので満ちた、四方八方に衝突する都市」を離れたい。今すぐ。


　私は昼のことはあまり憶えていない。憶えているのはほとんど夜だけだ。昼の記憶は、ジャカランダの花の色だけだった。ジャカランダの花の色は、曇った日には紫だが、晴れた日には青くなる。記憶の中のジャカランダの花は、紫だったり青だったりする。確かなのは、暴動があったということだ。四月の末に始まった暴動は、ハリケーンのように都市の南から徐々に北上してきて、ハリケーンのように通り過ぎたところを廃墟にした。日が暮れてからも、サウス・セントラルに夜の訪れはなかった。一晩中、都市は赤く燃え上がった。燃えていない所は、小銃とピストルで武装した人々が警備をしていた。黒人たちは正義がないと言った。ないのはそれだけではなかった。街には警察官も、州防衛軍もいなかった。

五月一日、私はケイケイに会った。私の顔を見るとケイケイは、昼、十七番街とウエスタン・アベニューの交差点にあるドラッグストアを出るとき、メキシコ人女性に会ったことを話した。女性はドラッグストアの入っているビルの角にある、ジャカランダの下に立って行き交う人に声を掛けていた。

「何を言っているのか分からなかったよ。スペイン語をしゃべっていたから。当然、小銭でもたかっていると思った。僕は今までそんな人に一セントだってあげたことがない。なのに、不思議にもその時は金を渡したくなった。顔が、何と言えばいいだろう、奇妙だったんだよ。片方は光、片方は陰、まあ、そんな感じだったとでも言えるけど、それよりは光と闇が共存するような、その不安感……。とにかく、ポケットの中のコインを渡して帰ろうとしたら、その女の人が僕に言った。救い主、イエス・キリストを信じてください」

しばらく黙った後、ケイケイが言った。

「それって、いい意味だろうね」

そう、いい意味だったでしょう、ケイケイ。あなたはいいことをしたもの。

その夜、私たちはケイケイが水をはった冷たい浴槽に一緒に入った。そのベージュ色のプラスチックの浴槽は、二人が一緒に入るには狭かった。不自由な姿勢で、私たちは水の中で抱き合った。私たちは語らなかった。水に濡れているか汗に濡れているか、私が愛したのはいつもケイケイの濡れた体だった。私はケイケイの濡れた体が、私の体に触れるのが好きだった。その濡れた体は普通の肉体とは違っていた。限りなく柔らかく、か弱かった。少年の体。ほうっておけば、水に溶ける絵の具のように、空中に広がる、濡れた体。私はそれを止めようと、必死にケイケイにしがみついた。私の知っている幸せとは、そういうものだった。私はケイケイに続けるように言った。私はケイケイに止めないようにと言った。あなたが望むなら、私にどんなことをしてもいいと言った。私はいつも満足するだろうと言った。ケイケイはなんとはなしにうなずいた。

暑く感じられるほどではなかった。しかし愛しあった後、私は寝つかれなかった。体の熱気が収まらなかったからだ。時折、窓の外から銃声が聞こえていた。ふと目が覚めた時、私は枕に顔を埋めていた。そのまま腕を伸ばしたが、ケイケイの身に触れることができなかった。ふと、ケイケイに言わなければならないことがあったことに気づいた。私はそっとケイケイを呼んだ。ケイケイがそこにいなかったらどうしようと思って。しかし、ケイケイは闇の中で裸のまま窓の外を眺めていた。南側の夜はビルや車などが燃えていて、空が明るかった。私はケイケイにベッドに入るように言った。ケイケイは、都市が燃えるのが恐ろしいほど無惨だと、しかし、もう少しだけ見ていたいと答えた。燃え上がる炎が恐ろしいと言いながら、なぜケイケイは私のところに来なかったのだろう。私は再び枕を抱きしめて、ケイケイに話したかったことをつぶやいた。だけど、絶対に私のそばから離れないで、と。なぜそんなことをつぶやいたのかは分からない。しばらくの間、私は目が覚めるのが怖くて、眠ることができなかった。

朝、ケイケイの家を出て十七番街に車を走らせながら、ケイケイが言ったジャカランダを思い出した。木のある方向を振り向いた私は、両手を背後に縛られ駐車場に並んで伏せている人々を見た。暴動に便乗して商店を掠奪した、ラテンアメリカからの移民たちだった。端の方に伏せていた何人かが、立ち上がろうとあがいた。ひっくり返されたカブトムシのようだった。そのむごたらしい記憶のせいで、二年間、私はそのドラッグストアを利用しなかった。

再びそこを訪ねたのは、ケイケイが病床についていた日のことだった。今でも、そのメキシコ人の女性が木の下に立っていると期待したわけではなく、予想通りその姿は見えなかった。幸いに、ジャカランダの木はそのままだった。私はたくさんの花をぶら下げている木を見上げた。それが青だったのか、紫だったのか、はっきり覚えていない。覚えているのは、その木の下で私が祈ったことだ。ケイケイはいいことをしたじゃありませんか。生まれて初めて、そのメキシコ人の女性にお金も渡しました。あなたが本当の救い主なら——ふだん、お祈りなどやったことはなかったので、そんな祈りが正しいかどうかも知るすべがない。時々花びらが風になびいた。十分くらいその木の下に立っていた。それはあまりにも短い時間だったろうか。数日後、ケイケイは死んだ。

もちろん私は、ケイケイがどのように死んでいったかを知っている。頭に包帯を巻いたケイケイの病床に、最後までついていたのは私だったからだ。メディカル・ドラマなどを観ると、昏睡状態に陥って救急センターに運ばれた人を抱き締めて泣き叫ぶ家族が登場するが、スイカのように脹れ上がったケイケイの顔を見た瞬間、私は息をすることもできなかった。心配のせいで。私のちょっとした動きにも、彼が影響されるのではないかと思ったのだ。こうなると分かっていたら、抱き締めればよかった。ケイケイは、何日もかけて引越し荷物を一つ一つ運んでは、ある日突然、姿を消す不思議な隣人のようにゆっくり、しかし、最後の息を引き取るのがあまりにも突然だと思われるように死んだ。死ぬ瞬間まで、ケイケイは私がそばにいることに気づかなかった。目を覚ますことだけを待ち続け、私が数えきれないほどその耳元で名前を呼んだのに。彼が死んだ後、私はケイケイの本当の名前が〝キジュン・

キム〟であることを知った。相変らずその名前には馴染みがない。キジュン。私がその名前を呼ぶと、声は空中に解けていく。その声を聞く人は誰もいない。一度もその名を呼べなかったことが、私には長らく悲しみとなる。

しかし私は、なぜケイケイが死んだのかが分からなかった。私はケイケイが〝どう〟死んで行ったかを知っているだけだ。一体、なぜ死んでしまったのだろう。考えに考えたあげく、私はもしかしたらそれは炎の影響だと思うようになった。死ぬ二年前、窓辺に立って眺めていた暴動の炎。裸のまま一人で眺めていた炎。恐ろしいと言いながらも、目を逸らすことができなかった炎。私のことを、迷信に捕らわれた愚かな女だと言ってもかまわない。どうしても私には、楽に眠れる理由が必要だったのだ。

工場と工場の間には小さな公園があった。低い丘のような丸い花壇の回りには、茶色のペンキをべたべたと塗った木製ベンチが置かれていた。一面にはライラックのような、つる植物のための添え木棚が見えた。私はぎこちない姿勢でベンチに座り、赤いつつじが咲き乱れている花壇を眺めながら、ハッピーの話を聞いた。ハッピーは友人に頼まれ、その恋人に別れを告げる人のように無表情だった。明け方になるといつもむずかったり大声で叫び、駄々をこねて困らせていた三歳の息子が、自分の人生においてどれほど重荷に感じられたかについて。遅く産んだ息子を背負って病院に入って、世の中には病気の人がどんなに多いのかにいまさら気づき、ひそかに安心したことについて。なかなか血管を見つけることができず、子供の手や足に何度も針を刺した看護婦と、彼女の要請で後から来て子供の首に注射針を刺した医師を、どれほど心の中で激しく呪ったかについて。一分に三十二回落ちた点滴と、ベッドの足元にぶら下がっていた、二十四個の間隔でできたチャートのようなものなど。インターンとレジデントの間をくぐって、一つでも多くを聞き出そうと、回診する医師について廊下まで行ったこと。時々椅子に座って子供の顔を眺めながら、退院すれば子供と一緒にやってみたいと心に決めたことのリスト。そんな病院でのことを。

痛みがひどくなると、息子はまったく聞きとれない悲鳴を上げた。病室はその悲鳴で埋められた。なに？　どうしたの？　なに？　どこが痛いの？　ママ、まんま、パパしか言えない子供の耳元で言い続けた、それらの問いかけについて。なに？　ママに話して。ママに何でも話して。そんな時、子供はもっと大きな声で叫んだ。ウアアアウウオー。お願いだから、ママに話して。そこまで言って、ハッピーは口を閉じた。動転してどうすればいいのか、全く分からなかった。子供は今、母親にすべてを話しているのだ。子供は今、母親にすべてを話しているのだ。それに気づいた瞬間、ハッピーは死にたいと思った。あわてふためき、ハッピーは子供の声をそのまま真似た。ウアアアウウオー。それが何の意味か分かるまで、子供のそばで、子供の悲鳴をそのまま真似たことについて。しかし空しく、何の甲斐もなく、どうしようもなく時間が経ち、それは一体何の意味なのかを、一人でウアアアウウオーとつぶやきながら夜を過ごしたことについて。生まれた時から弱かった、その子の小さな心臓が一つ止まっただけなのに、がらんと空っぽになってしまった地球について。そんなある日、ハッピーはふと気づく。ウアアアウウオー。それはあの子が重荷のように思われた日々、むしろ幸せだったあの時、明け方ごとに自分を起こした子供の泣き声だったのだ。

それに気づいたハッピーは、誰とも口を利かなかった。夫とも。親とも。兄弟とも。誰かが見舞いの電話をかけてくれれば、充分ベルが鳴るまで待って受話器を取り、じっと聞いているだけ。電話をかけてきた人は皆、「もしもし、もしもし？　聞こえますか？　電話が変だわ。もしもし？　ヘミ？」と言っては、慌てて電話を切ってしまう。口を閉じた代りに、汗を流しながら子供を負ぶって、あちこちの病院を走り回った記憶のため、何でも口に放り込むようになる。自分の身が軽過ぎて、空に飛ばされそうだと思ったのだ。もちろんそんなことはあり得ない。しかし誰も、それを彼女に言うことができない。ご飯を食べて、肉を食べて、牛乳を飲み干し、ラーメンを食べた。夫が冷蔵庫のなかの物すべてを大きなビニール袋にかき入れ、外に捨てに出ている間も、米びつに入っていた生米を、粉コーヒーを、植木鉢の蘭の葉っぱをちぎって飲み込んだ。

ついに夫はハッピーが怖くなる。ハッピーの顔に出はじめたしみと、増え続ける体重を恐れる。それはハッピー自身の恐ろしさが病気となって現れたということを、ハッピーと夫が共に納得するまで、二人は互いに理解してもらえない孤独の中で数カ月を過ごさなければならなかった。苦痛から逃れようとするのは人間の本能である。だから時には、その苦痛から逃れようと自ら命を絶つこともある。ハッピーには子供のいない日々を送るのが最大の苦痛となった。それでも生きて行かねばと決めたのは、希望を見つけたからではなく、希望を捨てたからだった。それだけは夫と共有できなかった。希望というより、生きて行く最小限のよりどころを見つけたのは、それから四カ月後のことだった。

顔のしみと体重は、子供を亡くした六カ月後に最高潮に達し、彼女が同時通訳に関するドキュメンタリー番組を見てから、徐々に減り始める。ハッピーがやりたかったのは、何も今のように実際に、同時通訳の仕事をすることではなかった。ハッピーはただ、その過程の勉強をしたかったのだ。彼女は自分が卒業した大学に開設された通訳翻訳大学院に入学する。修業中、ハッピーは先生の話す韓国語をそのまま真似る。

「十二月末でした。雪道を辿って渓谷を上ると、時々どこに行けばいいのか分からなくなったように、雪の上でじっとしている兎と出会うことがあります。見える所すべてが道なのに、兎は道に迷っていました」

　先生の唇を見ながら、聞こえるすべての音をそのまま真似る。意味を考える余裕などない。声もそのまま真似る。まるで自分がしゃべっているように。先生が右手で唇を触れば、ハッピーも右手で唇を触り、先生がくしゃみをすれば、ハッピーもくしゃみをする。次は先生が話す英語を同じく真似る。韓国語であれ英語であれ、それが単なる音声的な信号に過ぎなくなるまで。そこに意味が込められているとは思わなくなるまで。ついに、ハッピーにはすべての人々の声は音声的な信号となる。徐々に、人の話す言葉の意味は、外から来るのではなく、ハッピーの内部で作られていった。

「実際、通訳の仕事を受け持ったのは、これが初めてです。バムメが、もしかしたらバムムェではないか、と言った夫の言葉を信じたのが間違いでした。実は、ここに着いてから、私もここがバムメではないことが分かりました。バンミとバムメの音がいくら似ていても、バムメにはなりません。そうです。すべて私の間違いです。ケイケイが死んだと聞いてから、私は他のことを考えて、何度もあなたの言葉を聞き逃しました。以前、私の子供にそうだったように。申し訳ありません」

　ハッピーが私に頭を下げた。

「それから、私のことをハッピーと呼ばないでください。私はハッピーではないのです」

しかし私はこれからも彼女をハッピーと呼ぶ。もうソウルに帰りましょう、と言ってハッピーはベンチから立ち上がる。そして、言う。しみと体重が増え続けたその六カ月の間、そんなことが夫婦なら、一体何の"nagusami"で生きて行くのか、と夫の友人が言ったことを知っていると。私はハッピーに聞く。

「"nagusami"って何ですか?」

ハッピーはそれだけは英語で訳さなかった。ハッピーが答える。

「そうですね。私もその人の言った"nagusami"が何だったのか、今でも分かりません」

ハッピーはそれが何の意味か、決して答えてくれそうになかった。

高速道路に入ると車が列を作って徐行している。その列の尾についてから、もう十分も経ったが、まだ一マイルも進んでいない。ハッピーに少し悪いと思い、来る時とは違ってハッピーの隣の助手席に座ったが、渋滞で話すことも少ないせいで、かえって気まずい雰囲気になる。ハッピーは時々、左手の爪で上歯をとんとんと鳴らす。私はじっと先方だけを見つめる。長々と続く車やトラック、バスの向こうから黒い煙が立ち上るのが見える。ハッピーは前方で事故が起きたに違いないと言った。どうやら六時までにホテルに戻るのは無理のようだ。立ち上る煙を眺めながら、私は一人でつぶやく。それはケイケイの濡れた体のようなものだろう。前方を見つめていたハッピーが、私の話をそのまま真似る。

「それはケイケイの濡れた体のようなものだろう」

そして、ハッピーは笑う。つまり“nagusami”の意味なのだ。

「私も一つ知りたいことがあります。昨日、記者とのインタビューで、極地探険家の話をしましたね。話の中の〝ハイパービタミンノウシスエー〟って、何ですか」

ハッピーが私の方を見る。私たちが話している間、路肩を牽引車が、パトカーが、救急車が、サイレンを鳴らして通る。

「そうね……」

私もハッピーに考えるチャンスを与えたい。ハッピーが舌で唇を濡らす。ハッピーが考えている間、車は少しずつ前へ進む。前日、私は韓国のある新聞記者のインタビューを受けながら、飢えに耐えられず北極熊を食べてしまった、ある極地探険家のエピソードを話した。探険家は結局〝ハイパービタミンノウシスエー〟のせいで死んでしまった。イヌイットの人々は、ハッピーのように〝ハイパービタミンノウシスエー〟を知らないが、先祖から北極熊を食べてはいけないと子供の頃から聞かされてきた。ハッピーが言う。

「多分、長い間、申し訳ない気持ちになることでしょう」

今度は私がハッピーの言葉を真似て笑う。そして私は“nagusami”という言葉が、ケイケイの濡れた体のようなものではないことに気づく。しかし、それでいいだろう。それでも、私はハッピーが死んだ息子に、長い間申し訳ないと思っていることを、そして極地探険家のように、死んでもいいと思ったことがあることが分かったのだから。ハッピーもう分かるだろう。私がケイケイの濡れた体があってこそ、生きて行くことができたことを。

車がスピードを出す頃、ハッピーが大声で言った。

「あそこを見てください。やっぱり事故があったんですね。トラックに火がついてます」

私は驚いてハッピーが言った所を見る。立体交差点に上がる進入ランプのそばの路肩で、トラックが炎上していた。私は炎を見る。トラックを覆う炎はめらめらと燃え上がり、炎よりもっと多く黒い煙を吐き出す。黒煙は空に向かって、無限の空間に向かって噴き上げる。車が前進すると、車の中の私たちにまで熱気が伝わる。突然、私は恐怖を覚える。ケイケイもあの時、窓辺でこんな熱気を感じたのだろうか。

「そんな！　他の車と衝突したようには見えないのに、なぜあんなにいきなり燃えだしたんでしょう」

私が言う。炎の熱気がそっくり私に伝わる。私の中でも、何かが変わるのが感じられる。

「運転手はどうなったんでしょう」

一人でつぶやきながら路肩を見回していたハッピーが右手を上げる。

「あそこ、あそこを見て。あそこ。パトカーの横。青い作業服を着て、今、警察に何か話している男の人。運良く運転手は火がつく前に脱出したようです。彼は生きています」

私はハッピーが指差した方を見つめる。そしてハッピーの言葉をなぞる。彼は生きています。

燃え上がるトラックの炎に目を奪われ、車のスピードを出さずにいたら、後ろの車が催促のクラクションを鳴らした。私がハッピーに言う。

「もう行きましょう、ハッピー。もう行くのよ。炎はもうすぐ消えるわ」

ハッピーがうなずく。しかし、ハッピーの車は依然、スピードを出さずにいる。ハッピーも分かっていたのだ。私たちが通り過ぎた後も、あの炎は私たちの予想より長く燃えているだろうことを。私たちの中で。内部で。その深い所で。もしかしたら私たちが年老いて死ぬ時までも。この宇宙の九〇パーセントは、そのように私たちが見ることのできない、しかし私たちに長い間影響を及ぼす、そんな炎で満ちていることを。もちろん生きている間、私たちがその炎を見ることはできないけれど。我に返ってハッピーが言う。

「そうですね。これじゃレセプションに遅れます」

すでに遅れていることが分かっていながら、ハッピーはアクセルを踏む。車はゆっくりスピードを上げて、トラックに張り付いている黒ずんだ炎の中を通る。その炎が視野から消えた後、私はふと言いだす。

「ケイケイの本名はキジュン・キムだったわ」

それから私は、しばらく言葉を続けられずにいた。ハッピーが言う。

「続けてください。ソウルは大変混雑する街です。こんな渋滞じゃ、時間はいくらでもあります。心ゆくまで話してもいいでしょう。続けてください」

私はそのように言うハッピーの声を聞く。そして話し始める。ミド湖から帰って来た夜、私たちが見た明け方の砂漠について。記憶の中で青だったり紫だったりするジャカランダの花色について。そして、あの夜、ケイケイが一人で眺めた炎のようなものについて。ホテルに着く頃は、たぶん私の話も終わるだろう。しかし今は、もう少し語ることにしよう。

著者

金衍洙（キム・ヨンス）

1970年、慶尚北道生まれ。成均館大英文科卒。93年デビュー。正統的かつ伝統的叙述を用いながらも新しい想像力で文学の領域を広げている。恋愛や、80年代から90年代の大学生のデモ現場など、多様な素材を用いて、現実と幻想、真実と偽りという二分法が壊れたところで境界を出入りする人々を通じて〈私のアイデンティティ〉を探索する。主な作品に『七番国道』『二十歳』『グッドバイ李箱』『愛だなんて、ソニョン』『夜はうたう』『私は幽霊作家です』など。作家世界文学賞、東西文学賞、東仁文学賞、大山文学賞、李箱文学賞などを受賞。

訳者

きむふな

本名・金壎我。1963年生まれ。韓国・誠信女子大学大学院修了後、国際交流員として島根県庁総務部国際課勤務。専修大学大学院日本語日本文学専攻修了（文学博士）。現在、立教女学院非常勤講師。日韓文学シンポジウム、第一回東アジア文学フォーラムの通訳などを担当。著書『在日朝鮮人女性文学論』（作品社）、訳書に『愛のあとにくるもの』（幻冬舎）、『山のある家、井戸のある家』（集英社）ほか、韓国語訳書に『笑いオオカミ』（津島佑子、第1回板雨翻訳賞受賞）など。

作品名　皆に幸せな新年・ケイケイの名を呼んでみた

著　者　金衍洙©

訳　者　きむふな©

*『いまは静かな時―韓国現代文学選集―』収録作品

『いまは静かな時―韓国現代文学選集―』
2010年11月25日発行
編集：東アジア文学フォーラム日本委員会
発行：株式会社トランスビュー　東京都中央区日本橋浜町2-10-1
TEL. 03(3664)7334　http://www.transview.co.jp